KB131245

그대 거리가 색으로 살아 있다

책 만 드 는 집
시인선 147

그대 거리가
색으로
살아 있다

권도중 시집

책만드는집

변방의 내 시조가
마음과 얼굴을 숨긴
오독誤讀의 독자 곁으로
아름다운 위로의 그늘이
될 수 있기를 바랍니다

－2020년 6월
권도중

| 차례 |

1부

2부

3부

4부

1부

그대 거리가 색으로 살아 있다

그대 거리가 색으로 살아 있다
알고도 알 수 없는 살아 있는 사랑에게
유한이 무한을 갈 때 그 거리로 있는 색

그 집에 들가면은 내 마음 앤이 되고 사람을 취하고픈
그 거리가 사랑인 속사정 못 건넌 거리 축지법도 써본다

금지된 선은 변하지 않는 거리가 아니지 거리를 없애러
가는 아름다움의 비례지 없어도 앤의 옆구리 손을 자꾸
넣는다

고픔이 보존되는 힘에게 부재에게 유한에서 생긴 힘이
가고 있다, 스텔라! 욕망은 외로운 목숨, 초월하는 색일까

갈 수 없어 갖게 되는 깊어진 유한에게
푸름이나 코발트보다 너머로 열려 있는—
사람아, 닿지 못하는 그리움의 색인가

엄마의 나비

가슴에 붙어서 날아가지 않는 나비
난 네 곁에서 나비 꿈이 된 거야
날개를 움직일 힘이 없어 행복을 펴고 있지

조간이 오는 시간 꿈을 먹는 알람 소리 치익칙 밥 되는
소리 이슬이 깨우기 전 네 꿈을 내 꿈의 날개가 이불로 덮
었더라

딸아 아들아 네 이름에 갇힌 겹주름은 드레스 앞가슴에
잡혀 내 접지 못한다 접기가 힘들어질 때 엄마의 브로치
가 되지

꿈은 원래 벽을 허는 입출구가 없는 거야 꽃잎에 사막
의 일은 매일이 시작이지 넉넉한 그늘 사이로 비밀처럼
빛나지

네 빛가루를 만든 내 피부의 주름으로

우화를 참는 사건은 봉인된 울음이다
화명한 날의 창을 열면 엄마의 나비가 있지

두 마음

가운데가 비어 있는 페어글라스pair glass 창이 있다
두 겹의 하나의 세계 그 안의 고요함아
두 면을 가진 유리가 벽이 되어 지킨다

한 면은 안이 되고 한 면은 밖이 되는 두 극이 소멸되는
페어글라스 안으로 안과 밖 건너는 빛은 두 마음을 품은 것

경계 없이 경계가 되는 서로에게 있어서 유리를 통과하
면 저항하지 못한 그늘, 동전의 양면과는 다른 두 마음은
하나다

거리를 가진 발설 안 된 커튼에 가려 마음은 이쪽이기
도 저쪽이기도 한 하나, 두 마음 서로 하나 된 사랑이라
믿는다

그를 향한 욕망이 그를 벗어나려는
꿈과 현실이 두 마음일까 한마음인가
표정을 정체되지 않는 스스로에 가둔다

별

아득히 거기 있는 것만으로도
아득히 여기 있는 것만으로도
아득히 한 하늘 아래 볼 수 있어 빛난다

별자리 찾는 것은 그 세계에 편입되는 재가 덜 된 에너
지가 이 지구 기슭으로 푸르게 흐르는 다감, 더 깊이 가고
있다

내 별이 각을 갖는 이 지구 기슭으로 유목의 피가 살아
약속도 없이 오고 간다 살아서 땅 위에 있어 밤하늘을 건
넌다

아시는가, 당신은 나를 찾지 말아라
절제는 빛나는 각을 건널 수 없음이다
그러나 별은 한없는 거리를 가졌음이다

만월

상처가 상처를 치유하고 있는 것이

달이 바닷물을 밀고 당기는 거와, 내 피에 내가 끌려가
고 있는 거와, 거기서 살아 있는 미루나무의 행위와 무엇
이 다르겠느냐

그렇게 살아 있으니 이 질문이 생긴다

젖은 나비

젖은 나비가 가네
젖어서 갈 수 있을까

꽃잎에 풀잎 우산 사이로 안 보이더니

어디서
젖은 나비가
그리움을 만드네

흰 눈을 밟고 오세요

단절된 집을 가진
언 가지가 빛난다

목덜미 젖은 촉이
눈 속으로 길을 품는

흰 눈을 밟고 오세요
약속은 순결하니까

하늘빛 그리움

달 깊어 마실 나간 하늘빛은 없는 것

찬물에 비늘 씻고 깊어 있는 동해 물빛

살아서 벗는 그리움, 문고리가 빛난다

귀소歸巢

세상 홀로 나가 물고기도 제대 못 잡고
말은 필요 없다 속으로 삼키면 되고
몸 팔아 몇 푼의 지전 귀가하는 주소다

너를 위해 돈 벌어 오는 것밖에 없으니—
이것이 너에게 지극한 사랑이니—
낙동강 상류의 자갈밭 얕은 개울 물이다

달에 빠지면 달은 온전하다 산을 넘어야
빠진 사랑 웅덩이에 달을 키운다
사랑아 닿을 수 있는 집이 있다 말해주리라

물의 모습

눈물로 씻은 것은 슬픔처럼 맑을까
2월이 색을 품는 도착 않은 깊이에서
생각은 파랗게 물 트는 조개구름 쪽에서
그대에게 가는 물은 알 수 없는 칼이어서
칼을 펼치면 물이 되고 물을 펼치면 칼이 된다
슬픔의 그림자 없이 닿으려는 피부다

벽

한세상 기댄 벽에 고파서 기댄 벽이
젊은 날 세운 뜻이면 다 이루어지랴
노인이 강요를 한다 내 살아보니 어떻더라

이생이 강물 되는 칠흑 같은 길목에서 당신의 엉덩이
밑이 그 거리가 깔고 앉은 슬픔을 해체시키며 목숨 하나
가느니

위벽이 기대듯이 음식물에 기대듯이 살면서 벽이 되던
없는 것에 기대어서 소멸이 벽과 같아져 안 보이는 것이다

시간에 먹히면서 가고 가는 노정에서
길은 벽을 먹는 돈, 길에는 노자路資가 든다
이제는 조심인 기氣가 몸 하나가 벽이다

나비의 몸짓

아직 오지 않았고 이전의 고독마저
순간과 수도 없이 겹쳐지고 있었다
나비가 필요한 꽃이 그 경계에 피었다

안 보이는 슬픔의 빛깔이 접었다 펴는, 스러지기 위해 맺
히는 이슬의 짧은, 나비의 몸짓 기다린 꽃이 가진 많은 첫,

첫 볼이 붉어질 첫정이 간절해질, 새벽의 집중을 몸이
먼저 알아갈 때, 몰입이 첫 arrive의 순간 아득한 절벽,

젖은 날개의 빛이 어둠을 벗길 때
싹은 벌써 파릇하다 젖을 수 있다면 흠뻑
봄비가 가지와 풀섶에 나비를 깨웠던 것이다

나무처럼 가지고 있다

마음이 하늘색에 유한을 잃는다
무한은 원래 인간의 것이 아니니
애정이 생긴다고 다 나타낼 수는 없으니―

보내지 않으면 가지고 있다는 생각, 아픔을 참아도 상실
은 남으니까, 나무가 상처를 가지듯 살이 될 수 있을까

당신의 눈빛에 초록 잎이 닿으면
초록 잎은 이미 흔들리고 있으니
마음의 상처가 오히려 푸른 듯하다

안개의 나라

아닌 세상이 있다는 젖은 숨결아
치열함 용서하는 혼자 선 유현의 바다
답 잃은 꿈의 문 밖을 살고 있는 것들아

이루려 사라지던 찾을 수 없는 여기에서
답정너 빗장을 푼 화해와 배려의 길
안개는 치유의 마을 겨운 것들의 나라로

까치밥

따다가 못 딴 감 가지에 그대 두고
계절 속 위안으로 깊어져 가고 있다
푸르른 하늘 참 멀다 남겨두는 까치밥

소망하는 곳에 도달할 수 없는데도
세상 지탱하는 보이지 않는 존재들
풍경이 그쪽에 있다 시린 가지 건너서

사랑은 단절을 원한다

사랑은 단절을 원한다 비밀이니까

사랑은 지키는 울타리를 만든다

천국도 단절을 원한다 행복의 문이니까

불안은 행복의 힘 단절은 사랑의 힘

성은 열리는 문 지켜지는 은장도

내성이 함락 안 되는 갈망이다 사랑은

서울풀

새벽 일터로 간다 가고픈 숨이 있다
뜯겨도 여기에서 뽑히진 않겠다고
어긋난 간극을 여는, 서울풀이 있습니다

파릇한 핏속 풀이 내가 없는 그곳에서
별똥별이 꼬리로 피로를 떨어뜨리는—
살아온 풀의 눈물이, 서울에서 말입니다

서울풀 2

핏속 초록 기억이 풀밭을 가고 있다
풀에게 만남이란 뜯어먹히는 것이어서
내 풀은 잉여 속에서 늘 풀밭이 부족하다

필요성이 필요 없는 그것은 씻김이어서 숨결은 먼먼 풀
로 쉴 수가 없었다 이 서울 풀의 슬픔이 열고프던 간극에

단절된 것 침을 맞고 가고픈 자리 있어
나는 슬픔을 드러낼 줄을 모른다
사랑을 인내한 풀이 핏속 풀을 인내한다

바람이 쓸고 간다

바람이 쓸고 간다
너를 데리고 와서

간 자리 남은 숙제
멍인지
망울인지

무엇이 되기는 될 것이다
아픔이 갈 길이다

*

바람은 빗자루다
지우개가 아니다

시작을 기다리는
열쇠처럼

공터처럼

상처는 다른 모습인가 구름 쪽을 가네

물빛 그림자

너를 위해 흘리는 눈물은 너의 위안이
된다 네 상처 내 걱정에 네 모르게 고여지는

눈물엔
네 죄가 씻기고
있는 물빛 그림자

*

힘든 친구가 왔구나 다독여 보내도록
네 곁을 간 눈물은 네가 모르는 천지의

목련도
위안이 되겠지
바보 같다 하여도

*

어떤 죄가 씻고 있는 네 눈물에 씻겨지는
풀잎 씻은 이슬방울 순해져 있는 것이

베란다
화분 곁에서
움직이는 그림자

2부

하얀 빨래

들꽃이 이쁘다고 캐 오면 되겠느냐
빨래가 옥양목 사진 한 장 데리고 간다
그곳에 배고픈 너는 거기를 가보란다
여인이 계곡물에 빨래를 하고 있다
너는 내 여인이 되어 내 찌든 옷을 빤다
깊어서 푸른 공간에 하얀 빨래가 날린다

깨끗한 가난

오가며 스미고 모여드는 것들 따라

물 있는 곳으로 산 것들은 모여든다

개울물 맑게 반짝인 깨끗한 가난이 보인다

강마을 불빛들이 미루나무 사이로

꺾인 것들 기대선 갈대밭을 건너는

깨끗한 식사가 있다 가난이 별로 뜬다

저, 핏물

세상의 칼날에
베이고 온 하루가

어디서 베였는지 핏물을 씻어내는

저 막幕이 빨래를 접다
이제 찾지 못하리

핏물이,
다 빠진 후에 돌아오고 싶었다

덜 빠진 핏물에
남은 서러움은

숨길 데 많은 어둠이
집으로 데려가고 있다

물은 뾰족하다

물은 뾰족하다 마른 가지 푸해진 흙에서도
너무 뾰족해서 나는 알 수가 없네
오늘은 봄비로 와서 촉이 되어 보인다

난자도 어딘가를 생명으로 떠나고 정액도 소망으로 발
기하면 뾰족하고 침鍼 맞듯 닿은 곳에서 새론 숨이 생기니

제 살을 찾아 찾아 트이는 물의 길이여
알의 안으로 캄캄한 밝음을 펴려―
뿌리로 바위를 깨는 물의 피부가 깊다

사라지다

KTX가 다리 위를 산속으로 달려간다
멀어지는 없어지는 그 가까이 닿으려고
물살에 반짝이는 것은 사라지고 있는 것

가지 않고 남는 것에 가기 때문에 뒷모습인 버는 돈보
다 자꾸 나가는 돈이 어디로 사라져 아름다워지는 것들
따라 사라진

그냥 있을 뿐인 아름답지 않은 것에서
두어도 그냥 거기 고향 같은 지나감이
시간의 뒷모습에 빠지는 아득한 행복이

건너가지 못한 것

건너가지 못한 것은 거기 남아 어둠이 되고

건너간 것은 저 건너 불빛이 된다

못 건넌 이쪽 불빛이 용서의 밤에 묻힌다

빈 들이 품고 있다

네가 있어 이 언덕을 무너져 친정을 오듯
아궁이 가난한 길아 지금은 무엇으로
함박눈 내리는 들에 바람 돌아와 묻는다

허공처럼 펼쳐져서 진실은 모양 없고
빈 공간에 그가 있다 그래서 그가 없다
광야를 홀로 가는 사람, 빈 들이 품고 있다

검劍이 선다

검이 되려 숲으로 사라지는 것이 있다
그것들 열받고 있었음에 틀림없다
생각을 물로 만드는 숲의 날이 나온다
숨에서 피부에서 빠지는 절인 냄새
아득한 소나기가 머언먼 초록 잎에서
바람의 날이 쌓이며 하나씩 검이 선다

바람골

자식과 부모 사이 바람골이 있었다
시어머니 남편 사이 바람골이 있었다
설움도 바람 가지껏*
골 따라서 흘렀다

어느 날 바람 불어 퍼질러 양말 벗고
얘기해봐 불만 있음 말대꾸하지 말고
콧구멍 없는 보따리
지 새끼들 바쁘네

골 없는 아파트가 외앉은** 감옥인지
숫자로 문을 열고 들와서 쇠문 잠근
말 잃은 바람골에는
억새꽃만 환하다

* 안동 지방어로, '가득히, 한도껏, 많이, 힘껏'이라는 뜻.
** 여기서 '외-'는 '홀로'라는 뜻. 혹은 안동 지방어로 '도리어'라는 뜻으로
일정한 범위와 한계를 벗어남을 나타내는 말.

이 언덕 저 언덕

1

　—산과 산 사이 골이 있어 어긋남이 흘러간다 골이 얕으면 듣고 싶은 말만 해줘야 돼 아니면 말을 말고 내 생각을 맞춰야 돼 잘해줘도 그건 내 생각으로 잘해준 거야 저쪽 언덕은 이쪽 언덕이 아니야 내 말 상대방이 못 알아듣고 지 생각 다르다꼬 틀리는 말로 설득하려 한다 개울도 얕으면 지 생각뿐이잖아—

　저 언덕은 저렇구나 이 언덕은 이런데
　틀리는 다른 생각이 제 골마다 흐른다

2
　저 언덕이 이 언덕으로 바람 보내면
　이 언덕은 저 언덕으로 달빛 보낸다
　한 생각 산정을 넘는 사잇길을 품고서

독도는 직선이다

짧은 거는 직선이고 긴 거는 곡선이다
달려가는 연정은 왜 직선이 되곤 하며
풀밭에 옥상 빨랫줄은 짧아도 곡선이다

직선도 그리우면 옛 전깃줄 곡선인데 먼 별 가는 길은
곡선이라는 생각이다 지금은 은화의 시절 만주滿洲 별도
동해물

평양은 직선이고 워싱턴은 곡선이다
서울은 울릉도보다 먼 독도가 직선이다
독도는 왜 직선이다 자나 깨나 독도는

광화문광장

막는 길이 있어서 광장은 살아난다
막는 버스가 있어서 광장은 넓어진다
무덤 위 성당이 서듯 발길 따라는 광장이 선다

모종의 의문이 모여 모종의 질문이 된 주변이 포기 못
한 중심으로 오는 여기 열정은 연결 못 된 감옥 밖에서 불
탄다

성문城門 밖 함께 떠돈 앞길 없는 설움들아
교보빌딩 앞마당을 맴도는 물길에게
출구가 감기처럼 존재를 드러내며 오리라

푸른 종소리

세월이 가라앉았다
안 그래도 골라 딛던

갑질의 세상
을의 행복 찾기도

또 그게 서러운 거다
살해당한 물속 달

에밀레종은 소리를 얻어 사원을 세웠으나,

서러움을 만드는 서러운 살덩이,

물속을
푸른 종소리
서러움이 건진다

숟가락 하나 얹을 곳이 없다

온 전신
숟가락 걸친
바쁜, 뻔 사람들

세상에
밥그릇은 많다 빌딩 너머
벽 없는 곳

그러나
숟가락 하나
식전食前 하늘
은빛 달

색을 빼다

옥상에 풀밭에 빨래를 걷는 시간
시간의 저녁밥은 다 되고 있고요
접어서 사용할 수 있는 기다림이 있지요

후에 아름다워질 글씨가 남은 여인은 혼자 깊어 딱히
갈 곳 없는 침묵은 당기는 피의 고집을 걷어내고 있어요

저녁이 사골에서 붉은색을 빼고 있어요
어스름에 다 걷어내고 나면 원래대로
하늘엔 저녁의 색만 아무것도 없겠지요

알 수 없는 영역

누군가를 확실히 알기 위해서는

알 수 없는 영역이 반드시 필요하다

당신이 깊어져 있다 알 수 없는 영역이다

목어 木魚

지워진 흔적으로 가고 있는 궁금처럼

그러면 아직도 덜 깬 내 사랑의

드리운 지붕이 있어 그대가 이별이다

가끔은 찬 허공 어디 맑게 풀리는

빈 처마 다녀간 때도 그것이 이별인지는

씻겨진 병病이라 하여 이제는 이름이 없다

절벽이 살아 있다

죽은 사람이 있어 절벽이 살아 있다

안 죽은 사람이 있어 절벽은 빛나고 있다

절벽이 거기 있어서 이야기를 보낸다

가을

있는 사람은 쓸 데를 고민하고

없는 사람은 안 쓸 데를 고민하고

세파가 자꾸 내 돈을 쓰고 있듯이 지나는

어떤 탑이 세워지며 어떤 탑이 풀리어진다

탑이 되지 못한 것들은 세월의 가난함이 되어

사람을 보내며 비어지는 공간의 힘에 있다

자연의 그릇

1

떨어진 낙엽마다
햇빛 달빛이 담긴다
담겨 삭으면서 새로운 그릇이 되고
생겨난 그릇마다에 맞는 복이 담긴다

2

소우주를 지키려는
저 벌판의 인간들
깨진 그릇 새고 있는 빛과 그늘의 모습들
바람은 자연의 숨결, 칼이 되어가고 있다

3부

목련꽃

위안을 주더니
목련 피듯 떠났어요
피가 운다고 피,운,다, 합니까
담 안쪽 목이 깨끗한 그걸 무어라 하나요

계절을 먹은 나이의 여인이 받지 않은 달 밝은 그림자
데리고 갔어요 그리고 알 수 없는 먼 주소를 주었어요

자락을 언뜻 보았습니다 목련 지는 속으로
못 나눈 대화가 있어요 바쁜 일에게 가듯
목발을 짚고 갔습니다 그 아름다운 목련은

건너는 목련

참아야 된다 기다림아
약속 없어도 꿈이 되는

가난이 커가면서 겨우내 굵은 망울

지켜온 마음을 펴는
건너는 목련이다

목련이 피고 있네

네가 여기 없다고 목련이 피고 있네

아프지 않다 하며 목련이 피고 있네

없어서 지는 조각이 목련이 피고 있네

백목련

흰 함성, 3월이다 핀다, 핀다, 맨가지에

참은 색 또 견딘 색 다 받아 간 하늘 너머

흰색은 어떻게 생겨 무엇으로 오는가

목련여인

봄을 가장 기다린 여인은 목련이다

기다리지 못해 봄이 된 여인은 목련이다

가슴살 하얀 귓불을 찬 하늘에 씻는다

만약에 목련꽃

갈 수 있어 다시 오고
올 수가 있어 가고 있다

만약에 완존完存히 떠난다면
다시는 피지 않겠지

하얗게 지는 마음아
제일 먼저 깨우네

바보 같은 목련이

저편에 망울 크는 생각의 가지 사이
은쟁반 씻긴 달아 거기 담긴 환한 겹을
뜰 앞의 잣나무*가 받아 든 아득한 이 소식을

대책도 없이 맑은 하늘 나는 목련을 사랑한 남자, 휘저어 베일 뿐인 나는 목련을 못 잊는 남자, 너에게 실패를 펴고 바람 하나 재운다

꽃이 나무를 옮길 수 없으니
바보 같은 목련이 떨어질 뿐이니
서로에 목련철길이 멀리까지 생긴다

* 조주의 잣나무에서 단어 차용.

여기 벚꽃이 피었다

네가 거기 있어
여기 벚꽃이 피었다

낙화하여 목피木皮 속을 꽃으로 다시 가는

환원은 거기까지다
여기 벚꽃이 피었다

상처가 덧나지 않아 허공이 돌아왔네

천지간 찬비 젖고
여기 벚꽃이 피었다

개화에 꽃술을 밀어내는 슬픈 물이 흐른다

그리운 후회

기억은 짧은 길로 목련을 거쳐 온다
망각은 멀리 있어 벚꽃보다 늦게 온다
봄 밤이 기다렸는지, 꽃비가 오고 있다

꽃 진 자리는 굶주린 출발점이다 사람은 멀수록 멀리
오는 도착점이다 하늘은 떠난 것에는 따지지를 않는다

헛되고 헛된 사랑 봄비에 다 져야 해
쿨하게 뛰어내려 바닥을 만들어야 해
꽃 시체, 그리운 후회, 나무 아래 누웠다

젖은 벗나무

아픔과 치유가 한 몸인 벗나무가

낙화 후 깊숙해져 젖어 젖어 갔어요

못 보낸 목피 속마음, 봄비 속에 있어요

결혼하는 딸에게

내 딸이 저기 있네 달 같은 딸 저기 있네

준 정이 모자라서 짠하게 말이 없네

제때에 밥을 안치고 꽃을 피워보렴아

모자라 모자라서 하늘 때 묻었는가

아껴 남겨졌던 없어서 못 주는 마음

그만큼 손 주름 펴고 못 건너고 서 있다

찔레꽃이 피었다

더 상류 거기 둑으로 가보라 가보라고

남은 제 깊이를 펴서 고집을 풀고 있는 못

영원서 온 하얗고 작은 찔레꽃이 피었다

탱자나무 꽃

찔리면 무지 아린 울타리가 있었다
나쁜 기운을 막는 약 같은 문장으로
탱자도 꽃을 피운다 탱자 탱자 하지 마라

편지를 띄우면 가게 될 그곳으로
없어서 자라나던 순한 피 묻어 있다
가시가 디아스포라 네게도 있지 않는가

밖으로 살던 울타리를 건너는 봄날
피난 철길 건넌 오방의 하늘 간절한
지존인 탱자나무 가시 하얀 꽃을 보았다

도라지꽃이 불렀다

비는 내리고 우산이 마음을 편다
씻기는 천지간을 비가 마중을 오네
우산이 착착 받는다 착해지는 문장을

도라지꽃이 불렀다 여기 비 맞고 있다고
울지도 않고 밀서를 볼 수 있을까
끝까지 갔지만 거기 한 번도 간 적이 없네

민들레꽃 2

피난 열차가 간 구름 쪽을 남아서 간다
전언은 씨앗으로 바람에 맡기리라
남향집 봄이 오면은 쓴맛에게 전하리

한 시절 약이 되어 길가에 다시 피면
밖에서 다시 흰 노랑 그곳에 네가 피면
햇살 속 초록 민들레가 다시 꽃을 피우면

민들레꽃 3

밟히며 수용하는 한 삶이 있었다
상처의 살을 방어하지 않는 혼이었다
정의를 사랑 같은 걸 말하지는 않았다
자기를 치유하는 침묵의 쓴 바닥을
던지는 가벼움을 구하는 몸짓으로
슬픔이 떠난 자리에 남은 대상 환하다

갈대의 초상

이동할 수 없는 것은 생각만 보낼 수 있다
그것을 건지려고 끝없이 괴로웠던
한 시절 꺾인 후에야 가서 닿을 수 있는

사랑도
남은 머리칼이 소중한 법
바람이 조금씩 이야기를 빼내간다
여기서 발을 숨겼던 거기는 꿈같은 허방

달빛의 빗살로도 빗질하지 못하는
내 뿌리를 누가 약초로 캘 수 있는가
갈대는 머리를 빗은 억새와는 다르다

코스모스

가기만 하는 길가 코스모스 피어 있다
너를 못 보는 오늘이 나를 못 보듯
안부를 잡지 못해서 버스가 지나간다

가을 길 코스모스 네가 있어 흔들린다
생각이 그 사랑이 저 멀리 맑은 하늘
없어서 벼가 익는다 없는 곳에 살았다

꽃망울

마음에 무슨 옷을 마음속에 품었다면

아직은 망울이다 비밀은 망울이다

피우기 위한 망울아, 피기 전의 것이다

천하天下

죽도록 사랑하고 싶던, 하늘 멀리 사무친,

코스모스 피어 있다 흩어지지 않고 있다

내게는 있었으니까 그런 하늘 있으니

4부

씻기는 사랑

만날 수 없는 거리 맑은 물속에 있다
불안은 안정을 소망하는 마중으로
바닥에 고요한 너는 증상이 다 씻기네
모양을 풀어 내용으로만 일렁이며
깊은 물면을 내 눈 속에 만드네
뛰들면 건질 것 같은 물 밖에 그리운 이여

바친다

동백, 낙하落下로도
못 바친 마음이 있어
온전히 바쳐지려 낙하落霞를 넘고 있다

맨살에 바쳐져 있는
닿으려는
색이다

어둠에 따라가서 무엇에 남았을까
나를 이긴 전편에게 슬픔이 넘던 그곳

바쳐져 없어진 것은
은빛 달로
보리라

홀로 쌓인 언덕

붙들려 바쳐지던 홀로 쌓인 언덕이다
나무가 놓았는지 나뭇잎이 놓았는지,

저 달빛,
비치는 곳에
마음 하나 훤하다

무너지는 눈

들풀
배고픈 짐승
하얗게 사라진다
버려진 뒷방 노인도 산 채로 매몰된다
재산이 툭, 다 못 받고 빈 들에서 빛난다

무너진 피부에서
물이 되는 눈의 무게
열열한 스토리를 파랗게 밀어 올릴까
지금은 구름 그늘이 덮인 둑을 건넌다

해변의 모래

수평선 실려 가는 안 보이는 모래가
파도에 실려 와서 가라앉는 모래가
사구를 만들고 있다 발자국을 지우며

지우며 깨끗해진 세월의 그런 모래
해변은 편지지 물결은 지우개
해변을 만들고 있다 발자국을 위해서

빙폭 氷瀑

모든 것이 걸린 빙폭
얼어 베인 순간으로

그래,
결빙시키자
나도 결빙시켜두자

나비 꿈
얼음의 각에
숨겨져서 빛나게

*

빛을 받는 물의 뼈가 품고 있는 슬픔의 날
날에는 피가 묻었다 꽃에 베인 순한 피
당신이 물로 오면은 한정 없는 그것이,

*

얼어 있는 동안은 사라지지를 않는다
설일 속 언 가지가 어딘가로 녹아가면

여기서,
계곡이 깊다
반사하는 이야기

스텔스 하늘

흰 줄 확 그으며 구름색 길이 간다
마음이 하늘이 된 상처가 따라간다
밖으로 색이 깊어서 먼 색에 다시 멀다

간 시간 비행 흔적 구름 너머 푸르른데
저 아래 안 보이는 가고 있는 사람아
그길로 없어지는 끝에 스텔스 마음 있다

그, 날개

내 사원寺院보다 네 뜰에 목련이 있다

그, 날개 내 살에 있어 퇴화되지 않는다

부름에 말 없는 응답이 가지마다 앉았다

애모

가을의 능선이 된 구절초 들국화도
머리칼 휘날린다 되돌릴 수 없는 사랑
기억에 불려 와서는 흔들린다 않는다
인연은 끝없는 날 그립다 하지 말 것
감꽃 소문 떨어지고 감은 달려 익어갔다
구름은 강을 떠났지만 강은 구름을 품었다

고맙게 생각하라

아이들한테 왜 대화가 안 통한다 그러냐
살아 있는 동안 한 거는 다 내 거야
늙은 손 잡아주는 사람, 고맙게 생각하라

쏟아부을 대상이 있어 행복했잖아 쏟아부으면서 덕분에
꿈을 꾸며 살았고 모든 걸 누린 상처도 여기 그러면 됐지

나이 들어 집에 돌아온 남자들
밥 주는 사람한테 승복할 수밖에 없는 거야
그래서 마누라에게 승복하게 되는 거야

주산지

생각이 너에게 닿자 슬픔이 시작되었다
걸어 들어간 깊이에 붙들린 사랑도
안개 속 윤곽이 있다 그것이 슬프다

두고 가는 행복 하나, 물음으로 가는가 오래 저수되면
안개가 서릴 거야 보내면 저수지가 될 거야 수채화가 될
거야

사랑을 버리면 평화가 온단다
눈물로 씻으면 씻긴단다 건너편 들꽃도
자기가 그렇다고 고인 거울에다 묻는가

물속에 걸어간 목련

물소리 고요하네
물속 집이 열려 있네

슬픔이 지나가네
멍을 풀며 가고 있네

물속에 걸어간 목련
빈 가지에 걸렸네

물속 달

어스름
물가에 왔네
죄는 씻겨가고 있었네

돌멩이 사이 물소리
가난이 몸 씻고 있었네

남아서
머물다 갔네
빈자리가 환하네

우기雨期

물방울 풀빛에서 불면을 씻고 있다
어둠의 벽을 타고 흐르는 비가 좋아
머리칼 젖은 목덜미 여린 잎을 생각해

그림자 뒷모습

달빛이 강물 속 그림자를 밤새 씻는다
햇볕에 다친 삶이 치유되고 있는 거다
용서는 상처의 뒷모습, 햇볕 속에 짧아진다

날이 새면 중심에서 뿌리의 어둠으로 그림자 뒷모습은
떠나면서 생겨난다 햇볕에 움직이는 아픔 뒷모습에 남아서

현실은 억압의 시간 무의식의 지층이 되는 그렇게 따라
오는 그림자가 되면서 때로는 눈에 밟히는 내 것 아닌 현
실이다

따라가는 소멸이며 끌려가는 무거움에
상실의 그늘에 누운 그리움의 욕망이여
찔레꽃 씻기는 물로 강가에서 남는다

절벽의 사랑

1
얼룩진 진실을 버리는 몸짓이다
그늘을 거둬들인 낙엽의 고집이다
못 닿은 넉넉함에게 낱장으로 날린다

2
해변 절벽 위로 날아오르는 새,

위로 떨어지는 꽃잎의 깊은 허공,

바람을 알 수가 없네 물고 가는 그 잎을,

아득한 소식

가벼운 치마 입은 바람에게 눕고 싶다
아득한 소식처럼 생각 없이 가고 싶다

바람이 잘 사는 거기, 나는 가지 못하네

풀꽃 사랑

바라는 게 있어서 외로움이 있다네
바라는 게 있어서 그리움이 생긴다네
애증은 구름이 되어 소나기로 씻기지

외롭지 않다네 그립지가 않다네
꿈으로 살린 얼굴이 바람 밖에 있다네
기대지 않는 사랑이 자존으로 피는 꽃

손톱반달

어머님 분홍일 제 손톱마다 밝게 뜨던
핏속에 주신 달아 지금은 어디 가고

그 하늘 크던 반달아 보름달 저기 가네

그리움의 실감이 가닿은 현대시조의 형이상

이경철 문학평론가

"따다가 못 딴 감 가지에 그대 두고/ 계절 속 위안으로 깊어져 가고 있다/ 푸르른 하늘 참 멀다 남겨두는 까치밥// 소망하는 곳에 도달할 수 없는데도/ 세상 지탱하는 보이지 않는 존재들/ 풍경이 그쪽에 있다 시린 가지 건너서"(「까치밥」 전문)

천지간 만연한 그리움을 감지하는 예민한 표현과 구조

읽고 감상하기 만만치 않은 시집이다. 무한천공無限天空을 향해 표표히 휘날리는 그리움의 깃발들. 그 그리움의 기표記標들과 뜻, 기의記意 사이의 거리가 멀다. 일상과 앞뒤 문맥 사이의 거리도 멀다. 그래 읽고 받아들이기가 그리 녹록지 않다.

시는 자신의 정을 펴는 서정적 장르다. 달관이나 발견 등에서 터져 나오는 감탄이나 슬픔의 뜻과 정을 펴는 게 일반에 익숙한 시다. 특히 오랜 세월과 역사를 거치며 정형화된 시조에서는 더욱 그렇다. 독자들의 시에 대한 그런 기대지평을 이번 시조집은 깨뜨리며 가없이 넓고 깊게 하고 있다.

권도중 시인의『그대 거리가 색으로 살아 있다』는 깊고 예민하다. 천지간에 만연한 그리움, 우리네 자신과 우주 운행의 본질인 그리움을 감지해내려는 언어와 이미지와 표현과 구조가 예민하다. 가눌 수 없어 아등바등하는 많은 우리네 사랑과 그리움을 순열하게 해탈이나 신과 동등한 반열에 올려놓은 도저한 로맨티시즘, 휴머니즘 시집이『그대 거리가 색으로 살아 있다』다.

권 시인은 1974년《현대시학》에 이영도 시인 추천으로 등단했다. 1971년에 초회 추천을 받고 3년여 더 열심히 배우고 익혀 어엿한 시인의 품새로 시단에 나온 것이다. 등단 직후부터 '현대율現代律' 동인으로 시조의 현대성을 모색하며 활발히 창작 활동을 벌이다 사업을 위해 시단을 떠난 지 30여 년이 훌쩍 지난 2008년 첫 시조집『네 이름으로 흘러가는 강』을 펴내며 다시 돌아왔다. 그 후『낮은 직선』『비어 하늘은 가득하다』등의 시조집을 잇달아 펴냈다.

박시교 시인은 권 시인의 시 세계 바탕을 "현실과 꿈 사이, 존재와 부재 사이, 그리고 꽃과 멍 사이의 그리움"이라고 밝혔다.

현대율 동인 좌장 격으로 같이 활동하기도 했던 박 시인은 선배로서 "비교적 호흡이 길고 활달한 상과 수와 수 연결의 자재로움을 보여주면서도 시조 단수의 아름다운 짜임과 시적 완결미를 유감없이 보여줄 수 있는 능력을 가진 시인"이라며 권 시인을 추켜세웠다.

문학평론가 유성호 씨는 "그리움에서 발원하여 사물의 섬세한 파상波狀에 가닿는 시 세계를 젊은 감각과 사유로 펼치고 있다"라고 평했다. 그러면서 "집중성과 점착력이 높은 정형 미학을 이렇게 완미하게 그려놓았다. 단연 우리 시조시단을 한동안 흔들 진경進境이 아닐 수 없겠다"라고 상찬했다.

문학평론가 황치복 씨는 비교적 최근 평론 「세속과 유토피아의 대위법, 혹은 역설의 시학」에서 "인간의 근원적인 삶의 방식과 사고방식이 형이상학적인 모색과 역설의 수사학적 발상법에 의해 정교하게 아로새겨져 있다"라고 평했다. 그러면서 "시조가 정념의 토로를 위한 장치일 뿐만 아니라 현실과 이데아, 인간과 세계, 혹은 정의와 아름다움 등의 형이상학적 주제를 탐색할 수 있는 정교한 형식적 장치라는 것을 증명하고 있다"라며 시조의 현대시성에 주목했다.

이상 기존의 평 대강에 보이듯 권 시인은 그리움의 시인이다. 그 그리움을 신선한 감각과 깊은 사유, 그리고 시조라는 전통적 정형 장르의 치밀한 운용과 현대시학적인 의식으로 형이상학적 경지로 끌어올리고 있는 시인이다. 그리하여 이번 시집에서는 그리움의 형이상 지경의 진경眞境을 유감없이 보여주고 있다. 달관이나 초월이 아니라 끝끝내 인간적인 그리움의 실존적 양태로써. 철학이나 종교의 이론이나 아포리즘의 추상이 아니라 그리움에 피멍 든 구체적 실감으로써.

"나의 그리움은/ 오직 푸르고 깊은 것// 귀먹고 눈먼 너는/ 있는 줄도 모르는가// 파도는/ 뜯고 깎아도/ 한번 놓인 그대로…"

그리움의 절창으로 회자되는 이영도 시인의 「바위」 전문이다. 그대 향한 일편단심 이 마음 그대는 왜 몰라주느냐며, 누구든 한 번은 겪고 뼈저리게 느꼈을 그리움의 정념 혹은 절개를 단호하게 토로한 시조 단수다.

권 시인의 시 세계도 스승의 그런 그리움의 세계를 모토로 한다. 모든 예술은 물론 우리네 삶의 알파요 오메가인 그리움을. 그러면서도 시조의 현대적 시성詩性이며 시학詩學을 끊임없이 모색해왔다. 그런 시인의 시 세계가 잘 드러난 것 같아 이 글 맨 위 제사題詞로 올린 시 「까치밥」을 보시라.

그리움을 주제로 한 시다. 그런데도 그립단 말 한마디 없이 그리움을 그대로 놓아두고 있다. 마치 지상도 아니고 천상도 아닌 허공에 매달린 까치밥처럼, 혹은 유한한 존재인 우리네 인간의 처절한 실존 양태처럼.

두 수로 된 연시조로 시조 종장 특유의 미학이 돋보인다. 앞 수 "푸르른 하늘 참 멀다 남겨두는 까치밥"이란 종장의 간절함 과 여유의 변주를 보시라. 푸른 하늘처럼 가닿을 수 없는 그리 움의 거리, 그 거리를 없애려 우린 또 얼마나 아등바등 울고 짜 고 했던가. 그러나 그 거리를 까치밥처럼 그대로 남겨두고 있 다. 뒤 수 종장 "풍경이 그쪽에 있다 시린 가지 건너서"에서는 그런 그리움의 풍경을 멀고 먼 푸른 하늘 쪽에 두고 있다. 인간 사 그리움도 세상을 지탱하는 보이지 않는 존재, 힘으로써 우 주적인 도道며 신神적인 차원으로 끌어올리고 있는 것이다.

그리움의 감상感傷에 함몰되지 않는 거리를 유지한 채 시리 고 예민하게 그리움의 본질을 들여다보고 있는 시가 「까치밥」 이다. 이처럼 이번 시집에서 권 시인은 우리네 그리움의 아픈 체험을 형이상의 지경으로 끌어올리며 상심한 가슴들에 적잖 은 위로가 되게 하고 있다.

쓰라린 체험과 치밀한 사유, 적확한 이미지와 상상력

모든 것이 걸린 빙폭
얼어 베인 순간으로

그래,

결빙시키자

나도 결빙시켜두자

나비 꿈

얼음의 각에

숨겨져서 빛나게

*

빛을 받는 물의 뼈가 품고 있는 슬픔의 날

날에는 피가 묻었다 꽃에 베인 순한 피

당신이 물로 오면은 한정 없는 그것이,

세 수로 이뤄진 「빙폭氷瀑」 앞 두 수다. 첫 수에서 숨 가쁘게 행과 연을 갈음해 다음 수로 넘어갈 땐 '＊' 표시로 장章을 나눠 시조 정통 기사법으로 나가며 자유시와 시조가 동행하는 형태를 취한 게 일단 눈에 띈다. 이처럼 음수율, 보격 등 시조 정형과 구성 미학을 준수하면서도 형태는 자유시 너머 산문시형까지 자재로 운용하며 현대시성을 증폭시키고 있는 것이 이번 시집의 특장이기도 하다.

「빙폭」에서 시인은 시적 자세 내지 시론을 의지적으로 선명하게 드러내고 있다. "얼어 베인 순간"을 결빙시켜 영원히 빛나게 하려는 의지다. 둘째 수에서 그 순간은 "꽃에 베인" 순간이며, 그 순간은 "피가 묻"은 "슬픔의 날"같이 예리하고 "얼음의 각"처럼 투명하다. "꽃에 베인 순한 피", 그래 좌절된 '나비의 꿈'이지만 당신이 오면 또 한정 없이 피 흘릴 '그것'으로 서정화된 그것은 도저한 그리움 아닐 것인가. '꽃'과 '피'로써 이율배반인 그리움을 그대로 영원히 빛나는 그것으로 수용하겠다는 의지가 읽히는 시다.

> 가벼운 치마 입은 바람에게 눕고 싶다
> 아득한 소식처럼 생각 없이 가고 싶다
>
> 바람이 잘 사는 거기, 나는 가지 못하네
> ―「아득한 소식」 전문

단수로 된 이 시조 초장, 중장은 참 서정적으로 잘 나가고 있다. 긴 겨울 지나고 건듯 불어오는 봄바람, 혹은 긴 여름 끝에 불어오는 가을바람이 살갑게 귓불을 스칠 때 먼 소식처럼 불어오는 주체할 수 없는 그리움, 그 그리움에 온몸 맡긴 채 우리네 전통 정서를 신선한 감각으로 터치하며 절창으로 나가고 있다. 그러나 종장 마지막 구절에서 그런 흐름을 확 틀어버린다. "나는 가지 못하네"라면서. 여느 시인 같으면 그냥 "나는 가고 싶네"라는 식으로 자연스레 넘겼을 법도 하다. 그러나 시인은 그런 관조며 달관이며 관행을 여지없이 차단해버린다. 가고 싶지만 가지 못하는 그 거리를 끝끝내 수용하며 꿈과 현실의 본질을 냉철하게 응시하고 있다.

누군가를 확실히 알기 위해서는

알 수 없는 영역이 반드시 필요하다

당신이 깊어져 있다 알 수 없는 영역이다
　 −「알 수 없는 영역」 전문

"알 수 없다", "나는 모른다"고 진심으로 말할 수 있을 때라야 그 앎은 지식 차원을 떠나 삶의 구체며 실천 차원으로 들어온다. 그만큼 삶은 무진장으로 확대되고 깊어질 것이다. 꿈과 현실을 동시에 뭉뚱그린 우리네 삶의 모든 것인 그리움 또한 마땅히 그런 것일 게고. 위 시에서는 그런 그리움의 무진장한, 불가사의한 영역을 확실히 파고들겠단 의지로 읽힌다.

바람이 쓸고 간다
너를 데리고 와서

간 자리 남은 숙제

멍인지
망울인지

무엇이 되기는 될 것이다
아픔이 갈 길이다

*

바람은 빗자루다
지우개가 아니다

시작을 기다리는
열쇠처럼
공터처럼

상처는 다른 모습인가 구름 쪽을 가네
 ―「바람이 쓸고 간다」 전문

　사랑이, 그리움이 떠난 자리의 아픔과 상처를 들여다보고 있
는 시다. 그것이 피멍인지 아니면 꽃망울 같은 아름다운 결실
인지 골똘히 생각하고 있는 시다. 그러면서 아픔에서 새로운
시작, 새로운 세상을 열려 하고 있는 시다.

한용운 시인은 시집『님의 침묵』에서 님은 떠나고 아직 오지 않은 궁핍의 시대, 님이 다시 돌아올 것을 굳게 믿으며 시 세계를 펼쳤다.『님의 침묵』과 같은 사랑과 그리움의 시집으로 읽힐 수 있으면서도 이 시집에서 권 시인은 님이 떠난 그 아픔, 폐허에서 새로운 지평을 열려 한다. 구원이나 종교적 배경 없이 생살 터지는 아픔으로, 참으로 인간적으로.

마음이 하늘색에 유한을 잃는다
무한은 원래 인간의 것이 아니니
애정이 생긴다고 다 나타낼 수는 없으니—

보내지 않으면 가지고 있다는 생각, 아픔을 참아도 상실은 남으니까, 나무가 상처를 가지듯 살이 될 수 있을까

당신의 눈빛에 초록 잎이 닿으면
초록 잎은 이미 흔들리고 있으니
마음의 상처가 오히려 푸른 듯하다
  —「나무처럼 가지고 있다」 전문

세 수로 된 연시조다. 유한과 무한, 상처와 생살에 대해 묻고 있다. 나아가 희망과 구원을 말하고 있다. 구원은 저 푸른 하늘 같은 무한에서 오는 게 아니라 상처 난 가슴, 유한에서 온다는

것을 둘째 수에서 산문시형을 택해 긴 호흡, 긴 생각으로 나가며 펼치고 있는 시다. 그러면서 마지막 수 종장 "마음의 상처가 오히려 푸른 듯하다"라는 결론에 이른다. 도저한 인본주의자로서 시인의 면목이 그대로 드러나는 대목이다. 쉽게 달관, 해탈의 경지에 들지 않고 생살 터지는 아픔 그대로 무한, 해탈의 지경에 이르려는 의지를 보이고 있다.

　　물은 뾰족하다 마른 가지 푸해진 흙에서도
　　너무 뾰족해서 나는 알 수가 없네
　　오늘은 봄비로 와서 촉이 되어 보인다

　　난자도 어딘가를 생명으로 떠나고 정액도 소망으로 발기하면 뾰족하고 침針 맞듯 닿은 곳에서 새론 숨이 생기니

　　제 살을 찾아 찾아 트이는 물의 길이여
　　알의 안으로 캄캄한 밝음을 펴려―
　　뿌리로 바위를 깨는 물의 피부가 깊다
　　　―「물은 뾰족하다」 전문

　감각이 참 신선하다. 둥글고 보드랍게 모든 것 다 수용하는 물의 일반적 이미지에 반해 뾰족하고 날카롭다니, 역발상적 상상력이다. 그러나 그리움의 칼에 베인 쓰라린 체험과 치밀한

관찰과 사유에서 비롯된 적확한 이미지며 상상력이다. 푸석하게 마른 땅에 내려 튀는 봄비는 화살촉 혹은 막 솟아오르는 새싹 촉같이 뾰족하지 않던가. 바위마저 마침내는 깨뜨리는 물의 촉은 또 얼마나 뾰족할 것인가. 특히 발기한 정자도 침처럼 뾰족할 것이라는 둘째 수의 발상은 섹시하면서도 신선하다. 아니 엄숙하다.

세 수 전체를 이끌고 있는 '뾰족하다'는 이미지는 모두 "새론 숨", 새 생명의 탄생, 집착과 고통의 무명無明을 깨고 밝은 빛의 세상으로 수렴되고 있으니 엄숙하고도 깊다. 다가갈 수 없는 그리움을 향한 고통, 그러면서도 생채로 무한 세계로 열려 있는 그리움의 불가사의를 어떻게든 파고들어 구체화하며 도의 지경에까지 이르고 있는 시집이 이번 시집이다.

심미성, 현대시성을 강화하는 그리움의 '거리'

만날 수 없는 거리 맑은 물속에 있다
불안은 안정을 소망하는 마중으로
바닥에 고요한 너는 증상이 다 씻기네
모양을 풀어 내용으로만 일렁이며
깊은 물면을 내 눈 속에 만드네
뛰들면 건질 것 같은 물 밖에 그리운 이여

맑은 물속을 하염없이 들여다보며 쓴 시다. 보고 싶지만 만날 수 없는 '너'가 물속에, 다시 시인의 눈 속에 어른거리고 있다. "모양을 풀어 내용으로만 일렁이"고 있다. '너'라는 그리움의 구체가 아니라 추상, 그 본질을 들여다보고 있는 것이다. 일렁이는 물속에 뛰어들면 건질 수 있을 것 같지만 그리움은 물밖 "만날 수 없는 거리"에 있다. 아니, 그 '거리'가 그리움의 본질이다. '안정'이나 '고요'의 정태靜態보다는 '불안'이나 '일렁임'의 역동성이 그리움이나 거리의 실존 양태 아니겠는가.

이번 시집에는 '거리'라는 시어가 많이 나온다. 이 시에서처럼 너와 나 그리움의 거리이며 사랑을 냉철히 관찰하며 그 아픔을 씻을 수 있는 거리이기도 하다. 나아가 시인과 대상 사이의 미학이 결정되는 심미적 거리며 우리네 삶과 우주 운행 섭리인 중도中道의 도를 떠올릴 수 있는 거리이기도 하다. 이런 거리에 대한 인식을 확실히 함으로 해서 시인의 순열한 사랑과 그리움은 정한情恨의 서정에만 머물지 않고 역동적으로 형이상학적 세계로 깊게 파고들 추동력을 얻게 되는 것이다.

그대 거리가 색으로 살아 있다
알고도 알 수 없는 살아 있는 사랑에게
유한이 무한을 갈 때 그 거리로 있는 색

그 집에 들가면은 내 마음 앤이 되고 사람을 취하고픈 그 거리가 사랑인 속사정 못 건넌 거리 축지법도 써본다

금지된 선은 변하지 않는 거리가 아니지 거리를 없애러 가는 아름다움의 비례지 없어도 앤의 옆구리 손을 자꾸 넣는다

고픔이 보존되는 힘에게 부재에게 유한에서 생긴 힘이 가고 있다, 스텔라! 욕망은 외로운 목숨, 초월하는 색일까

갈 수 없어 갖게 되는 깊어진 유한에게
푸름이나 코발트보다 너머로 열려 있는—
사람아, 닿지 못하는 그리움의 색인가
　ー「그대 거리가 색으로 살아 있다」 전문

다섯 수로 이뤄진 연시조로 이번 시집의 표제작이다. 첫 수와 마지막 수는 한 장을 한 행으로 잡는 정통 기사법를 취한 반면 가운데 세 수는 행을 가르지 않고 산문시 형태를 취한 것이 우선 눈에 띈다.

가운데 세 수를 빼고 앞뒤 두 수만으로도 그대와 나 사이, 그리움의 거리를 서정적으로 읊은 빼어난 시로 읽힌다. 그 거리는 유한이 무한에게 가는, 드높은 하늘의 푸름이나 깊은 바다

의 코발트색 너머까지 가는 힘, 이 시집 전체를 이끌고 가는 견인력을 얻고 있다.

　흰 함성, 3월이다 핀다, 핀다, 맨가지에

　참은 색 또 견딘 색 다 받아 간 하늘 너머

　흰색은 어떻게 생겨 무엇으로 오는가
　—「백목련」 전문

　이른 봄 화사하게 피어나는 백목련의 색깔을 소재로 한 단시조다. 긴 겨울 잘 견디고 피어나는 봄, 혹은 하얀 목련의 순결을 노래한 시로 읽어도 좋다. 3월 흰 함성이 마구 피어난다는 초장에서 3·1운동이 연상되니 우리 백의민족을 읊은 시로 보아도 좋겠고.
　이번 시집에는 목련꽃을 소재로 한 시편들이 적잖게 눈에 띈다. 시인의 일관된 그리움의 상관물로서 목련이 나타나고 있는 것이다. 이 시에서 백목련은 그리움이라는 추상의 구체적 색깔로 드러나고 있다. 맨몸으로 참고 견뎌낸 상처와 아픔들이 섞여 저 하늘 너머에 피워낸 하얀색, 그리움이다.

　참아야 된다 기다림아

약속 없어도 꿈이 되는

가난이 커가면서 겨우내 굵은 망울

지켜온 마음을 펴는
건너는 목련이다
        −「건너는 목련」전문

역시 목련을 소재로 한 시다. 이 시에서는 목련이 그리움의
색이 아니라 너와 나 사이의 '거리'를 건너가는 목련이다. 당신
이 아니라, 그리움의 약속이 아니라, 기약 없이 나 스스로 아픔
을 감내하는 가난한 마음이 피운 꽃이다. 스스로 설정해둔 거
리, 그 거리 양단을 건너가며 피운 목련이다.

가운데가 비어 있는 페어글라스pair glass 창이 있다
두 겹의 하나의 세계 그 안의 고요함아
두 면을 가진 유리가 벽이 되어 지킨다

한 면은 안이 되고 한 면은 밖이 되는 두 극이 소멸되는 페어
글라스 안으로 안과 밖 건너는 빛은 두 마음을 품은 것

경계 없이 경계가 되는 서로에게 있어서 유리를 통과하면 저

항하지 못한 그늘, 동전의 양면과는 다른 두 마음은 하나다

　거리를 가진 발설 안 된 커튼에 가려 마음은 이쪽이기도 저쪽
이기도 한 하나, 두 마음 서로 하나 된 사랑이라 믿는다

　그를 향한 욕망이 그를 벗어나려는
　꿈과 현실이 두 마음일까 한마음인가
　표정을 정체되지 않는 스스로에 가둔다
　－「두 마음」전문

　두 겹으로 된 페어글라스를 소재로 해 자신의 마음 자체를
둘러보고 있는 이 시도 '거리'의 시다. 다섯 수로 된 연시조에서
첫 수에서는 페어글라스라는 사물을 있는 그대로 그리고 있다.
가운데 세 수는 산문시형을 취하며 너와 나, 안과 밖 거리와 빛
과 그림자, 상반된 마음의 겹 등 사랑과 그리움에서 비롯된 거
리에 대해 다각도로 살펴보고 있다. 그러다 마지막 수에 와서
는 너와 나, 이 마음과 저 마음, 현실과 꿈 사이의 거리, 그 양극
을 통합하려 하고 있다. 아니, 그 양쪽을 다 인정하며 정체되지
않고 부산히 오가고 있다. 쉽게 통합으로 나가지 않고 끝끝내
인간으로서의 그리움의 생체험, 실존 양태를 드러내려는 시인
의 자세가 진솔하게 드러난 시다.

그리움의 본질 파헤치며 이른 도통道通의 지경

1

—산과 산 사이 골이 있어 어긋남이 흘러간다 골이 얕으면 듣
고 싶은 말만 해줘야 돼 아니면 말을 말고 내 생각을 맞춰야 돼
잘해줘도 그건 내 생각으로 잘해준 거야 저쪽 언덕은 이쪽 언덕
이 아니야 내 말 상대방이 못 알아듣고 지 생각 다르다꼬 틀리
는 말로 설득하려 한다 개울도 얕으면 지 생각뿐이잖아—

　　저 언덕은 저렇구나 이 언덕은 이런데
　　틀리는 다른 생각이 제 골마다 흐른다

2
　　저 언덕이 이 언덕으로 바람 보내면
　　이 언덕은 저 언덕으로 달빛 보낸다
　　한 생각 산정을 넘는 사잇길을 품고서
　　─「이 언덕 저 언덕」 전문

　이 언덕과 저 언덕 사이, 산과 산 사이, 골과 골 사이의 '사이'
와 '거리'에 관한 시다. 두 수로 된 연시조로 앞 수는 초장이 길
게 늘어난 사설시조이고, 뒤 수는 평시조다. 앞 수에서는 너와
나 사이의 다른 점을 일반의 관점에서 풀어놓고 있다. 서로 생

각이 달라 제각각 어긋나게 나가는 것이라고 시정의 말, 사설 옮기듯 하고 있다. 뒤 수에서는 그런 사이, 거리를 보다 깊고 넓은 관점에서 잇고 있다. 서로 다른 사이의 골을 품고서 이 언덕과 저 언덕을 이으며 소통하게 하고 있다. 나아가 차안此岸과 피안彼岸, 현실과 이상을 잇고 있다.

　"다른 생각이 제 골마다 흐른다"는 앞 수 마지막 부분과 그렇게 서로 다른 이 언덕과 저 언덕이 주고받는 뒤 수에 이르면 도가道家에서 말하는 '취만부동吹萬不同'이나 '각득기의各得其宜'란 말이 떠오른다. 너와 나 개별적 존재자들의 각자 다름을 자연이연自然以然 그대로 인정하라는 것이다. 각각의 음색이 어우러져 이뤄내는 오케스트라의 아름다운 하모니 같은 화엄 세상을 위해. 그 다름의 거리를 그대로 시인하면서도 "한 생각 산정을 넘는 사잇길을 품고서" 이 언덕 저 언덕이 바람과 달빛으로 소통하는 것에서는 또 불교의 핵심인 연기緣起와 중도中道를 떠올릴 수밖에 없다. 모든 존재는 연기로 서로 연결되어 있고 그렇게 서로 연결된 세계의 실상을 제대로 깨닫는 게 중도 아니던가. 하여 현실과 이상, 현상과 본질, 색과 공은 불이不二로서 서로 상반된 이원적 구조가 아닌 원융하게 소통하는 것이라는 가르침이 불교의 중도며 유교의 중용사상 아니던가. 이번 시집에 실린 '거리'에 관한 시들은 물론 많은 시편들이 사랑과 그리움의 본질을 파헤치며 종교와 실존철학 등 형이상학적 지경에 자연스레 들어서고 있다.

갈 수 있어 다시 오고
올 수가 있어 가고 있다

만약에 완존完存히 떠난다면
다시는 피지 않겠지

하얗게 지는 마음아
제일 먼저 깨우네
　―「만약에 목련꽃」전문

　목련꽃이 뚝뚝 떨어지는 것을 보며 쓴 시다. 이 시에도 그리
움의 본질에 대한 깊은 사유가 배어 있다. 사유 끝에 마침내 깨
침에 이르고 있다. 지금 지고 있는 목련은 내년에도 피고 질 것
이다. 그렇게 여여如如하게 오고 갈 것이다. 그러나 시인은 '만
약에'를 가정하며 '완존'의 단계로 넘어가고 있다. 완존히 떠난
다면 다시는 돌아올 수 없을 것이다. 시인은 우주 만물 생로병
사의 순환 고리, 연기를 벗어난 해탈이며 열반을 꿈꾸는 것이
다. 순열한, 완존한 그리움에 대한 천착이 이제 아픔의 근원인
마음마저 하얀 목련꽃 지듯 내려놓고 해탈의 지경까지 넘보게
한 것이다.

저편에 망울 크는 생각의 가지 사이
은쟁반 씻긴 달아 거기 닫힌 환한 겹을
뜰 앞의 잣나무가 받아 든 아득한 이 소식을

세 수로 이뤄진 「바보 같은 목련이」 첫 수다. 시인의 각주에
따르면 종장의 "뜰 앞의 잣나무"는 일반에도 널리 알려진 중국
당나라 조주선사의 화두에서 따온 말이다. 한 선승이 "달마가
서쪽서 이곳으로 온 이유가 무엇인가" 묻자 조주선사는 서슴
없이 "뜰 앞의 잣나무다"라고 했다. 공부해 얻은 지식 등 기존
의 앎 등으로 따지고 분별 말고 지금 눈앞에 여여하게 펼쳐진
현전現前 세계를 보라는 것이다. '이언전려離言絶慮'라, 분별을
일으키는 언어를 버리고 생각도 끊어버리고.

그런 선禪의 정수를 「바보 같은 목련이」에서는 문득 깨치고
있다. 목련꽃이 망울져 크는 것을 보며 이 생각 저 사유를 펼치
는 밤, 목련 가지 사이로 말갛게 떠오르는 달을 보며 문득 한소
식하고 있는 대목이다. 목련꽃에 빗대 이 생각 저 생각 하며 깊
어지는 것 또한 바보라고 깨치고 있는 것이다.

이렇듯 이 시집 속에 많이 보이는 일련의 목련꽃 시 연작들
은 그리움, 그리움이 솟는 너와 나의 거리에 대해 깊이 있게 사
유해 들어가며 현전이나 해탈 등 형이상의 지경에까지 이르고
있다.

도저한 낭만, 인본주의로 가닿은 서정의 궁극

아득히 거기 있는 것만으로도
아득히 여기 있는 것만으로도
아득히 한 하늘 아래 볼 수 있어 빛난다

별자리 찾는 것은 그 세계에 편입되는 재가 덜 된 에너지가
이 지구 기슭으로 푸르게 흐르는 다감, 더 깊이 가고 있다

내 별이 각을 갖는 이 지구 기슭으로 유목의 피가 살아 약속
도 없이 오고 간다 살아서 땅 위에 있어 밤하늘을 건넌다

아시는가, 당신은 나를 찾지 말아라
절제는 빛나는 각을 건널 수 없음이다
그러나 별은 한없는 거리를 가졌음이다
　　－「별」 전문

네 수로 된 연시조다. 한 장을 한 행으로 잡은 첫 수에서는 장
마다 '아득히'로 열고 있다. 아득히 멀리 있는 당신과 내가 아득
히 먼 별을 함께 보고 있다. 별을 매개로 당신과 내가 하나가 되
고 있다. 아니, '아득히'가 반복되며 당신과 나와 별의 아득한
공간과 시간이 하나로 연결되고 있다. 둘째, 셋째의 가운데 수

124

는 예의 시인 특유의 산문시형이다. 우주적이고 먼먼 역사적인 인류의 원형적 상상력을 펼치고 있다. 우주에 만연한 다정다감한 기운, 그리움의 에너지며 기氣를 실감하고 있다. 그 기운을 받은 유목의 핏줄로 우린 또 얼마나 그리움을 찾아 떠돌고 있는 것인가.

우주는 어둠 속 한 점 빛에서 생겨났다. 캄캄한 혼돈 속에서 뭔지 모를 것들이 서로를 끌어당기며 뭉치고 뭉쳐가며 고농축되다 마침내 한 점 빛으로 폭발해 우주가 탄생했다는 빅뱅이론. 그 빛줄기의 파문波紋이 138억 광년을 나아가며 우리의 태양계와 은하계, 지구의 모래알보다 더 많은 별들의 우주라는 무진장의 공간과 시간으로 팽창하고 있다는 것이 우주과학의 정설이다. 캄캄한 혼돈 속에 빛을 있게 한 것도, 빛이 발산되며 무진장한 별들을 만든 것도 서로를 끌어당기는 힘, 인력引力이다. 인력이 안개인지 티끌인지 뭔지 모를 것들을 서로서로 끌어안아 원자며 분자며 물질이며 별이며 꽃이며 사람으로 떠돌며 전화轉化케 해 이 찬란한 파노라마의 우주를 펼치게 한 것이다. 캄캄한 어둠 속에서 하염없이 외로운 것들이 서로 사무치게 끌어당기며 뭔가가 되고 싶은 기운, 그것이 곧 그리움 아닐 것인가. 그 그리움이 빛이 되고 별이 되고 꽃이 되는, 우주와 한 몸인 뭇 생령들 아니겠는가.

이게 필자가 온몸으로 감지하고 좋은 서정 시편들을 보면서 나름으로 확립해온 '그리움의 시론'이랄 수 있는데, 위 시「별」

로 내 이 어수룩한 시론을 강화할 수 있을 것 같아 고맙다. 그렇지 않은가. 위 시처럼 '아득히' 멀고 먼 "한없는 거리를 가졌음"에도 그리움으로 하여 너와 나와 별은 서로 촉촉이 젖어드는 유목의 한 핏줄 한통속 아니던가.

젖은 나비가 가네
젖어서 갈 수 있을까

꽃잎에 풀잎 우산 사이로 안 보이더니

어디서
젖은 나비가
그리움을 만드네
  ―「젖은 나비」 전문

단수로 된 이 시 참 예쁘다. 그리움으로 하여 우주 만물을 촉촉이 적시고 있다. '꽃과 나비의 시인'이라 불러도 좋을 정도로 이번 시집에는 꽃은 물론 나비를 소재로 한 시편들이 많다. 나비들도 역시 꽃과 함께 그리움이란 추상의 구체적 상관물이다.

아직 오지 않았고 이전의 고독마저
순간과 수도 없이 겹쳐지고 있었다

나비가 필요한 꽃이 그 경계에 피었다

(…중략…)

젖은 날개의 빛이 어둠을 벗길 때
싹은 벌써 파릇하다 젖을 수 있다면 흠뻑
봄비가 가지와 풀섶에 나비를 깨웠던 것이다

　네 수로 된 「나비의 몸짓」 첫 수와 마지막 수다. 두 날개를 겹
쳤다 폈다 하며 나는 나비에게서 겹쳐지는 순간을 보고 있다.
그 순간은 "이전"과 "아직 오지 않"은 미래가 겹쳐지는 순간이
다. 영원한 현재진행형으로서의 서정의 순간의 시학과 겹쳐지
는 대목이다. 그 순간의 경계, 둘레에서 피어나는 게 권 시인에
있어서 서정의 꽃이요 시요 그리움이다.
　그런 그리움의 한순간은 마지막 수에서 시인을 각성시키며
만물을 촉촉이 적시고 있다. 봄비처럼 흠뻑 적셔가며 만물을
낳고 기르고 있다. 너와 나 한 몸으로 촉촉이 젖어듦, 혹은 감전
感電 감동의 우주적 서정 미학으로.

밟히며 수용하는 한 삶이 있었다
상처의 살을 방어하지 않는 혼이었다
정의를 사랑 같은 걸 말하지는 않았다

자기를 치유하는 침묵의 쓴 바닥을

던지는 가벼움을 구하는 몸짓으로

슬픔이 떠난 자리에 남은 대상 환하다
　　　－「민들레꽃 3」 전문

　땅에 납작 엎드려 아무리 밟혀도 더 꿋꿋하게 피어오르는 민
들레꽃을 빌려 시인의 일관된 그리움의 시 쓰기 약사略史를 전
하고 있는 시로 읽어도 좋겠다. 사랑에, 그리움에 칼로 베인 듯
쓰라려도 그 상처, 아픔을 응시해왔다. 치유나 구원을 위해 그
어디에도 기대지 않았다. 오로지 상처의 시 쓰기로써 극복해내
이제 환한, 그리움의 현전의 세계에 이른 것이다. 그리움 하나
로 동일성과 순간성의 시학으로서의 서정시 요체며 삶과 우주
적 섭리, 도의 지경을 넘보게 된 것이다.

　　죽도록 사랑하고 싶던, 하늘 멀리 사무친,

　　코스모스 피어 있다 흩어지지 않고 있다

　　내게는 있었으니까 그런 하늘 있으니
　　　－「천하天下」 전문

　시인의 그런 온몸의 일관된 그리움이 일궈낸 단수로 된 절창

이다. 가을 드높은 하늘에 가닿으려 발돋움하며 피어나다 낮짝만 겨우 하늘색 닮아 무더기로 출렁이는 코스모스꽃. 그런 코스모스와 시인과 하늘이 결국은 하나가 되고 있다. 사무친 그리움 하나로 우주 만물과 한 하늘 아래 당당하게. 그래 제목도 '코스모스꽃' 등이 아니라 당당하게 '천하'라 했을 것이다. 시인의 도저한 낭만, 인본주의적 자세가 이런 그리움의 궁극, 서정적 절창을 낳은 것이다.

> 네가 있어 이 언덕을 무너져 친정을 오듯
> 아궁이 가난한 길아 지금은 무엇으로
> 함박눈 내리는 들에 바람 돌아와 묻는다
>
> 허공처럼 펼쳐져서 진실은 모양 없고
> 빈 공간에 그가 있다 그래서 그가 없다
> 광야를 홀로 가는 사람, 빈 들이 품고 있다
> ―「빈 들이 품고 있다」 전문

이 글 첫머리에서 언급했듯 읽기에 녹록지 않은 시다. 앞 수와 뒤 수와의 거리는 물론 장과 장, 구와 구, 음보와 음보 사이의 거리가 멀어 뜻을 파악하기 쉽지 않다. 중의적 해석을 넘어 가당치 않은 오독誤讀도 나올 수 있는 시다. 물론 오독의 위험도 마다 않는, 시, 현대시조의 기대지평을 넓히기 위한 시인의 자세에 기인된 것이다.

기표와 기의 사이의 캄캄한 거리일지라도 시인은 해석을 위한 신호등은 켜놓게 마련. '친정', '가난', '진실', '허공', '홀로 가는 사람', '빈 들' 등을 표지 삼아 가난한 마음, 본디의 마음으로 세계의 본질, 시와 그리움의 본질을 찾고 여는 시로 읽을 수 있을 것이다. 앞 수는 전통적 서정이 주조를 이룬 반면 뒤 수는 확실히 의지적이고 형이상학적이다. 해서 필자는 시조의 정형을 준수하면서도 현대시조의 미답지를 개척하려는 시인의 올곧은 의지와 기개를 다시 한번 확인할 수 있는 시로 읽었다.

앞으로도 시조의 전통 혹은 정통적 시성과 현대성 혹은 실험성이 순하게 겹쳐지는 현대시조의 진경珍景, 호기롭게 펼쳐나가시길 빈다.

그대 거리가 색으로 살아 있다

—

초판 1쇄 2020년 6월 10일
지은이 권도중
펴낸이 김영재
펴낸곳 책만드는집

—

주소 서울 마포구 양화로3길 99, 4층 (04022)
전화 3142-1585·6
팩스 336-8908
전자우편 chaekjip@naver.com
출판등록 1994년 1월 13일 제10-927호
ⓒ 권도중, 2020

—

* 이 책의 판권은 저작권자와 책만드는집에 있습니다.
  이 책 내용의 전부 또는 일부를 재사용하려면 양측의 동의를 받아야 합니다.
* 잘못 만들어진 책은 구입하신 서점에서 바꾸어 드립니다.

—

ISBN 978-89-7944-726-2 (04810)
ISBN 978-89-7944-354-7 (세트)